LETTRE

DU DOCTEUR

CASIMIR BROUSSAIS,

A M. LE BARON MICHEL,

Officier de l'ordre royal de la légion d'honneur; docteur médecin principal de 1re classe au comité de visite de l'État-Major général de la 1re division militaire, de la place de Paris, des prisons militaires; consultant de la maison royale de St.-Denis; membre de plusieurs sociétés et académies médicales et scientifiques françaises et étrangères; ex-médecin en chef des hôpitaux militaires de Rome, et du Gros-Caillou à Paris;

SUR L'EMPLOI

DU TARTRE STIBIÉ A HAUTE DOSE,

LES FIÈVRES PERNICIEUSES ET L'AFFECTION TYPHOÏDE.

PARIS,

CHEZ J.-B. BAILLIÈRE,

LIBRAIRE DE L'ACADÉMIE ROYALE DE MÉDECINE,
RUE DE L'ÉCOLE-DE-MÉDECINE, 17.
A LONDRES CHEZ H. BAILLIÈRE, 219, REGENT STREET.

1842

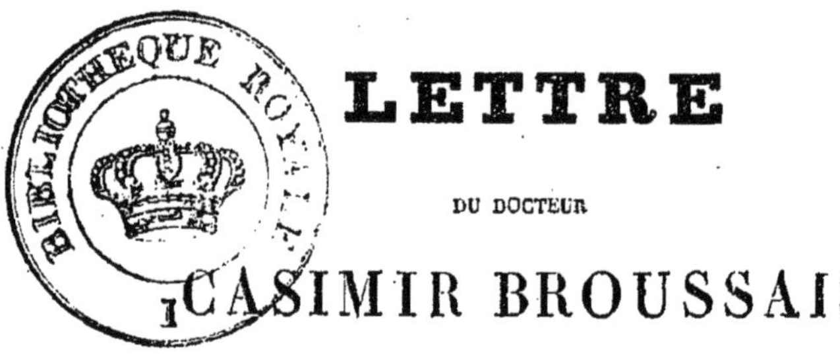

LETTRE

DU DOCTEUR

CASIMIR BROUSSAIS

A M. le baron MICHEL ,

Officier de l'ordre royal de la légion d'honneur; docteur, médecin principal de 1re classe au comité de visite de l'Etat-Major général de la 1re division militaire, de la place de Paris, des prisons militaires; consultant de la maison royale de St.-Denis; membre de plusieurs sociétés et académies médicales et scientifiques françaises et étrangères ; ex-médecin en chef des hôpitaux militaires de Rome, et du Gros-Caillou à Paris.

1er février 1842.

Mon cher et très honoré confrère,

Je viens tenir la promesse que je vous ai faite, il y a quelques jours, en vous accusant réception de votre *Statistique médicale de l'hôpital militaire du Gros-Caillou.* Je vous disais alors que, si les notes insérées dans le *Recueil des Mémoires de médecine militaire* (tom. 50) contenaient, à mon grand regret, quelque chose qui vous ait été personnellement désagréable, vous aviez amplement pris votre revanche dans votre réponse, et que nous étions quittes à cet égard. J'ajoutais qu'il restait une question de science à dé-

1842

battre entre nous, et que, comme je croyais avoir un peu plus raison *après qu'avant* votre réponse, loin de me tenir pour battu, j'allais vous adresser quelques observations avec la confraternité la plus franche et la plus amicale.

Ce petit préambule me dispense de répondre à tout ce qu'il y a de personnel contre moi dans votre brochure ; ainsi, je ne me défendrai pas du péché de *présomption inqualifiable* que vous me reprochez quelque part (p. 244). Je ne soutiendrai pas ma *critique si pauvre en raisonnement, si bizarre dans sa rédaction* (p. 229), ni ma *note qui doit être regardée comme une Macédoine amère de présomption et de contradictions manifestes* (p. 229), ni ma *note peu modeste* (p. xiv), ni mon *association au conseil de santé des armées, comme partie intégrante* (p. 158), ni mon *exigence plus grande que celle de ce conseil, qui vous a cru sur parole* (p. 158-178), ni mes *critiques amères* (6-218), ni mes *pauvres arguments* (p. 242), ni mes *expressions malveillantes* (p. 244) ; je vous abandonnerai même *ma tête fanatisée par une doctrine médicale qui offre tant de désappointements dans son application clinique* (p. 248) ; enfin je ne dirai pas un mot en faveur de cette *médecine appelée, on ne sait pourquoi, physiologique, et qui, loin d'éclairer la question par son pâle flambeau, n'y a jeté que des lueurs incertaines et vacillantes.....* laquelle encore, *fausse dans son principe, illogique dans son ensemble, dangereuse dans ses conséquences,* *n'a jamais guidé le praticien impartial, de bon sens et* *de bonne foi.* (p. 210) Non, je ne dirai pas un mot en sa faveur, car vous y trouveriez un intérêt, sinon personnel, du moins de nom et de famille, tandis qu'il ne s'agit maintenant entre nous que de science. Je vous remercierai même sincèrement d'avoir cité les notes en question, non par extraits, mais tout-à-fait textuellement; car les lecteurs pourront se convaincre qu'aucune expression offensante ou extra-scientifique, qu'aucune personnalité n'est sortie de la plume du rédacteur; c'est une justice que je m'empresse de vous rendre.

Un mot encore avant d'entrer en matière.

Suivant vous, j'aurais *indûment* fait ces notes critiques (p. v), et, *sortant de mon rôle de surveillant d'impression, seul rôle que je fusse appelé à remplir,* (p. viii), je les aurais apposées *de mon autorité privée* (p. ix).

A cela je réponds en vous priant de relire la première page d'un volume quelconque du *Recueil des Mémoires de médecine, de chirurgie et de pharmacie militaires,* afin de vous convaincre que je suis, non pas correcteur d'épreuves, *surveillant d'impression,* mais bien *rédacteur,* honneur que je partage avec MM. Bégin et Jacob, et dont se glorifiaient autrefois Laubert et Fournier-Pescay. Libre à vous, surtout aujourd'hui, de trouver cette fonction inutile ou même nuisible ; quant à moi, qui ne suis point appelé à réformer une organisation qui date de vingt-sept ans, je m'acquitte de mes fonctions en conscience, me répétant sans cesse : *Fais ce que dois , advienne que pourra.*

J'ai l'habitude de prendre au sérieux les fonctions dont je suis revêtu, et j'ai compris celle-ci d'un point de vue élevé qui vous a échappé. Je me suis pénétré de cette idée que, mes collaborateurs et moi, nous étions les gardiens fidèles des intérêts scientifiques de la classe entière des officiers de santé militaires, auxquels s'adresse le *Recueil des Mémoires de médecine militaire* ; que, si nos confrères recevaient avec confiance des travaux que l'ordre de M. le Ministre de la guerre met à leur disposition, c'était à nous de veiller à ce que des idées hypothétiques ne leur fussent pas données comme des vérités solides, ni des essais incomplets de médications nouvelles, comme de précieux trésors acquis à la thérapeutique. Ce devoir avait été exactement rempli par mes collaborateurs avant moi ; leurs antécédents devaient me servir de guides.

Dans l'accomplissement de cette mission, aucune limite que celle de la vérité et de la justice ne nous est imposée ; le conseil de santé et l'administration de la guerre sont seuls appelés, l'un à *surveiller* ces publications, l'autre à les *autoriser.* Quelles autres garanties venez-vous donc réclamer aujourd'hui ?

C'est à nous, rédacteurs, de diriger les débats scientifiques qui viennent s'engager devant le tribunal supérieur du conseil de santé; celui-ci assiste à cette mêlée, à ces entre-choquements de convictions, et il ne prend part à ce mouvement d'idées que pour y maintenir l'ordre, la convenance et l'impartialité, à moins qu'une circonstance impérieuse n'exige qu'il élève la voix; aucune de nos paroles ne saurait passer sans qu'il ne les approuve; l'administration de la guerre est libre de les supprimer. Quant à nous, dans nos plans de rédaction, nous ne relevons que de notre conscience; comme rédacteurs, nous n'avons pas de grade; nous ne parlons ni à des supérieurs, ni à des inférieurs; nous nous adressons à des médecins, nos égaux. La science ne connaît pas d'autre hiérarchie que celle du talent ou du génie.

Vous m'attribuez les notes en question, parce qu'elles sont signées : N. d. R., ce qui signifie note *du* ou *des* rédacteurs, et qu'il s'agit de médecine. J'accepte l'interprétation ; je ne décline pas la responsabilité qui pèse nécessairement sur un des trois rédacteurs; je l'assume et je parlerai désormais de ces notes, comme si elles étaient nominativement de moi. Je vous apprendrai seulement, au nom de leur auteur, que, loin d'avoir été *indûment* faites, elles ont passé par *tous les visa* que les réglements exigent et que *personne,* dans cette circonstance, n'a manqué à son devoir, mais

que personne non plus n'avait pu prévoir votre sus-
ceptibilité.

Assez de préliminaires; vite au fond maintenant.

Trois questions médicales sont agitées dans les notes
et dans vos réponses : celle de l'emploi du tartre stibié
à haute dose, celle de l'anatomie pathologique des fièvres pernicieuses, enfin celle du siége et du traitement
des fièvres typhoïdes.

Quant à la première question, vous vous étonnez de
m'entendre dire que le tartre stibié, dans les pneumonies, s'emploie *ordinairement* à la dose de 0,50 ou 0,60,
et qu'on atteint de cette manière le but auquel vise
Rasori avec un gramme à deux grammes et demi de ce
même sel.

Je maintiens mon dire pour deux raisons : 1°parce que
l'émétique me réussit en général à cette dose ; 2° parce
que je ne connais que vous aujourd'hui, dans Paris, qui
ne craigniez pas d'aller jusqu'à deux grammes et demi

Vous croyez que c'est la peur d'irriter la membrane
muqueuse gastro-intestinale, qui m'empêche d'élever
la dose dans les *cas ordinaires*, et vous m'opposez
l'opinion de Rasori et celle de Giaccomini qui place
l'émétique parmi les hyposthénisans.

Mais vous parlez pour l'école italienne, et moi, je
parle pour l'école française ; voilà pourquoi nous ne
sommes pas d'accord. Je ne sache pas, en effet, que
dans un seul ouvrage de matière médicale publié pas

un pathologiste français, l'émétique ait été classé parmi les hyposthénisans. M. le professeur Trousseau, le dernier qui ait traité ce sujet, et sur lequel vous croyez pouvoir vous appuyer, en indique la dose, dans la pneumonie, de 2 décigrammes à un gramme (t. 2. 2e part. p. 530); il déclare très-positivement que l'émétique *enflamme l'estomac et les intestins*, et il reproche vivement à Laënnec de l'avoir donné dans des cas où il existait une inflammation des intestins. (t. 2, 2e partie, p. 519). Laënnec lui-même ne croyait point à cette action hyposthénisante ; j'ai suivi, tout fanatique que je suis, d'après vous, ce professeur à sa clinique en 1823, à l'époque où il introduisait la médication des pneumonies par l'émétique à haute dose, et je l'ai entendu dire et répéter que l'émétique agissait en *excitant l'absorption*.

Ainsi, mon cher et très-honore confrère, vous pouvez certainement bien rester dans votre opinion avec Rasori, Giaccomini, etc. ; mais, moi, qui parle en France et à des Français, je m'en tiens à mon expérience fortifiée de celle de mes compatriotes, et je persiste à penser, tant je suis incorrigible, qu'il eût été à désirer que vous eussiez donné des preuves positives de la *nécessité* d'élever la dose du tartre stibié à 2 grammes et demi.

J'arrive à la seconde question, celle de l'anatomie pathologique des fièvres intermittentes ou rémittentes pernicieuses, et je commence par vous avouer franchement que je ne comprends pas bien le sens des nombreuses réflexions que vous ont suggérées les notes ; ou plutôt il me semble, sauf erreur de ma part, que, cédant au doux souvenir de l'*Agro romano*, vous vous êtes laissé entraîner au plaisir de parler des fièvres intermittentes que vous avez guéries avec le quiquina ou le sulfate de quinine, ce qui n'a plus le mérite de la nouveauté, et surtout à celui de décrire les beaux pays que vous avez parcourus, ce qui n'avait aucun rapport avec la demande qui vous était adressée par le rédacteur.

Il n'était pas même question de ce que vous avez appelé votre théorie des fièvres intermittentes, et le rédacteur n'avait point ajouté de note à ce passage de votre mémoire où vous croyez avoir avancé le premier que le type intermittent était une propriété inhérente au système nerveux, oubliant en ce moment les belles considérations de Bichat sur ce sujet.

Voici de quoi il s'agissait entre nous. Vous aviez dit :

« Ne savons-nous pas que les fièvres intermittentes pernicieuses qui se présentent sous toute espèce de formes, avec des symptômes excessivement variés, simulant toujours des inflammations locales, soit de la poitrine, soit de l'abdomen, ne sont que des névroses qui cèdent à des toniques permanents et diffusibles, et

qui, à l'autopsie, ne présentent *presque jamais* de lésion de la partie qui, par ses symptômes, semblait an-
noncer l'existence d'une inflammation. Un grand dé-
sordre nerveux peut donc, par des actions anomales,
simuler des maladies locales qui n'ont *jamais* existé et
que *rien ne justifie* à l'autopsie. » (p. 18.)

Ici l'auteur des notes fait observer que ces assertions ne sont point d'accord avec l'anatomie pathologique moderne, et en particulier avec les travaux de
MM. Mongellas, Bailly, et Maillot, dont les recherches prouvent qu'en général les symptômes sont jus-
tifiés par l'autopsie. Il aurait pu ajouter la liste de la
plupart des médecins militaires qui ont pratiqué en
Afrique, et, en particulier, les noms de MM. Anto-
nini, Monard frères (*Mém. de méd. mil.* t. 35). La-
cauchie (*ibid.*), Huet (*ibid.*), Guerre (*ibid.*); ceux de
MM. Vignard (*ibid.*, t. XXX), Aulagnier (*ibid.*,
t. XXXII), et Léonard (*ibid.* t. XXXV), qui ont
reçu à Marseille et à Toulon les évacués d'Afrique;
ceux de M. Foucqueron, (topographie d'Alger *ibid.*,
t. XXXIV), de M. Gassaud, (fièvres pernicieu-
ses de Nauplie *ibid.*, t. XL), etc., etc. Mais, loin d'insis-
ter, le rédacteur borne là ses réflexions et les 58 pages
que vous avez écrites à cette occasion, ainsi que les 19
corollaires qui les terminent, ne répondent pas le
moins du monde, à cette simple observation. J'irai plus

loin, elles semblent les confirmer, puisque vous finis-
sez par avouer que la lésion interne primitive , qui
part du système nerveux ganglionnaire, suivant votre
opinion, produit consécutivement des inflammations
viscérales. (P. 119.)

Ici vous êtes d'accord avec l'anatomie pathologique
moderne, ainsi qu'avec l'anatomie pathologique an-
cienne, avec Spigel, Baglivi, Torti, Lancisi, Chi-
rac, etc., et vraiment le rédacteur des Mémoires de médecine militaire aurait eu mauvaise grâce de vous
critiquer ; mais voyez vous-même combien ces paroles
diffèrent des précédentes !

Il est vrai que vous ajoutez que les fièvres pernicieuses sont *quelquefois* si promptement mortelles,
qu'on ne trouve rien de remarquable à l'autopsie.
(p. 120).

Eh bien ! je crois connaître assez le fond de la pensée
du rédacteur, pour être sûr qu'ici encore, il eût été
entièrement de votre avis, si vous vous fussiez exprimé
de cette manière dans votre mémoire, et non pas
comme je viens de le rappeler, en citant le passage an-
noté, et, comme vous le répétez encore, sans crainte
de contradiction, dans votre 10e corollaire. (p. 156.)

Si j'entamais la discussion avec vous sur tous les
points que vous avez abordés dans votre réponse, il
me faudrait traiter en entier la question des fièvres
intermittentes, ce dont je me garderai bien , voulant
ici me borner à justifier les notes du rédacteur.

Vous n'avez pas victorieusement répondu à ses observations, puisque vous aviez à prouver que *presque jamais* l'autopsie ne présente de lésion et que vous ne
nous donnez point une liste de nécroscopies en faveur
de cette opinion. Vous rapportez bien, il est vrai, six
observations à l'appui de vos assertions, mais vous
allez voir qu'elles sont insignifiantes ou qu'elles tour-
nent contre vous.

En effet, outre qu'en général les autopsies ne sont
pas suffisamment détaillées, chez cinq de ces sujets, la rate fut trouvée engorgée d'un sang noir, ra-
mollie, s'écrasant sous le doigt. Puis, des six observations, il faut en ôter une, la seconde, dans laquelle le
cadavre était en putréfaction tellement avancée, qu'il
fut impossible d'en faire l'autopsie. (p. 105.) Restent
les cinq autres. En voici l'analyse : le sujet de la troisième observation, atteint d'une pernicieuse ictérique,
offrit de la sérosité abondante dans les ventricules du
cerveau, les poumons gorgés de sang, le cœur con-
tenant des concrétions albumineuses, la vésicule
remplie d'une bile épaisse; etc. (p. 106); le quatrième
présenta, outre la lésion de la rate, commune à tous,
un engorgement du foie (p. 107); le sixième, entré pour
une intermittente catarrhale, avait une inflammation
légère des méninges et une phlogose de la membrane
interne de la trachée artère, etc. (p. 108.)

Avouez, mon cher et très-honoré confrère, que vos observations de fièvres pernicieuses, suivies d'autopsie, écrites, comme vous le dites (p. 103), de la main du docteur Millet, et qui ne s'élèvent pas, dans votre brochure, au delà de six, me sont plutôt favorables que contraires, puisqu'il en résulterait, à l'inverse de votre proposition, que, *presque toujours*, l'autopsie justifie les symptômes. J'ai donc pu vous écrire que j'avais un peu plus raison après qu'avant votre réponse. En effet, aussitôt que j'appris votre publication, j'eus à l'instant l'idée que vous alliez m'accabler de faits ; je l'ai cru encore à la lecture de la première page de votre ouvrage, et surtout à celle de votre épigraphe (1) ; mais ma crainte n'a pas tardé à se dissiper à mesure que j'avançais dans ma lecture, et je suis tenté de croire, maintenant que je l'ai terminée, que, voulant ménager ma *jeune expérience*, vous ne m'avez opposé qu'une très-petite partie de la vôtre. Je suis fâché de ces ménagements de votre part, car, j'aurais profité de vos faits dans la *statistique médicale* que je vais publier, et qui ne comprend que dix ans de service dans un grand hôpital où je suis attaché simple-

---

(1) Il ne suffit pas de connaître la médecine en théorie, il faut encore être familiarisé avec cet art par l'expérience.   (Hippocrate.)

ment comme médecin ordinaire et professeur; tandis qu'un supplément à votre statistique d'un an, comme médecin en chef de l'hôpital du Gros-Caillou, aurait pu m'aider à résoudre maintes questions que je suis obligé, en conscience, de laisser indécises.

Abordons maintenant la fameuse question des fièvres typhoïdes à laquelle vous avez consacré près de 100 pages de réponse.

Vous avez, mon cher et très-honoré confrère, sur cette maladie, des idées qui vous sont propres, et, sur des points importants, vous différez d'opinion avec la masse des médecins. Vous ne croyez pas aux lésions intestinales, dans la fièvre typhoïde, ou vous ne les tenez que comme accessoires; ensuite vous préconisez l'acétate d'ammoniaque additionné de laudanum, comme un moyen souverain, comme le remède par excellence, dans le traitement de cette maladie. Vos convictions sont si grandes, à cet égard, que vous êtes sur le point de croire que le moyen est infaillible; c'est par excès de conscience que vous vous écriez, p. 63 : « Je ne dirai pas que tous les malades ont guéri etc. » Ces convictions sont certainement très-respectables en vous, ainsi que le déclare le rédacteur; mais plus elles paraissent fortes et plus il était nécessaire de les appuyer sur des faits positifs et nombreux, tels que pouvaient vous en fournir votre expérience et votre position. Or, c'est précisément ce que vous avez omis

dans votre statistique; il était donc tout naturel que
le rédacteur manifestât le regret de vous voir négliger
cette méthode de démonstration, et qu'il déclarât,
non pas dans l'intention de déprécier un travail con-
s ciencieux et utile (p. 242), mais dans l'intérêt de la
science et de l'humanité, qu'il eût été bon et utile
d'exposer une série de faits suffisante pour por-
ter la conviction dans l'esprit du lecteur. Il ne
lui était pas venu à l'esprit de penser que cette demande de faits pût être *indiscrète* (p. 158); parce qu'il
supposait que vous en possédiez un grand nombre.
S'il lui était possible de retirer sa demande, il le fe-
rait, puisqu'elle vous embarrasse. Voyons maintenant comment vous avez répondu à ces notes indis-
crètes, dans votre nouvelle publication.

S'agit-il de la localisation des fièvres typhoïdes? au
lieu de prouver, par un grand nombre d'autopsies
bien faites, et relatives à des sujets morts évidemment
de la fièvre typhoïde, qu'il n'existe pas de lésion intes-
tinale ou qu'elle n'est qu'accidentelle, vous vous jetez
sur la médecine physiologique, et d'abord vous lui re-
fusez la gloire d'avoir, la première, établi positivement
le siége de ces fièvres, pour le donner à Gandini.
Cette découverte de la lettre de Gandini paraît vous
avoir fait un extrême plaisir; vous êtes tout fier de la
montrer au monde étonné, de la répéter en italien,
de la traduire en français, et vous vous écriez, non

sans orgueil : *je ferai connaître (ce qui pourra avoir de l'intérêt pour* LE RÉDACTEUR) *l'époque fort éloignée où, pour la première fois, il a été fait mention de la non existence des fièvres dites essentielles* (p. XIV).

J'allais succomber à la stupéfaction, lorsque ma mémoire est venue peu à peu me rappeler, qu'en 1829, un certain Broussais, auteur de l'Examen des Doctrines médicales, vous avait précédé de 12 à 13 ans dans votre citation de Gandini. Puis, continuant de vous lire, je vis, qu'à la page 198 de votre brochure, vous paraissiez renoncer à la gloire d'avoir découvert Gandini, accordant que l'auteur de l'*Examen* l'a en effet cité, commenté, discuté et réfuté. Vous allez même jusqu'à vouloir bien *accorder désormais à Broussais* le mérite d'avoir attribué les fièvres essentielles à l'inflammation de la *muqueuse gastro-entérique* (p. 198-9).

Eh bien ! dès lors, à quoi bon vos frais de citation ? Pourquoi avoir dit, au commencement (p. XIV), que vous alliez *faire connaître* le véritable auteur de la destruction des fièvres essentielles, puisque, à la fin, vous convenez qu'un autre l'a mentionné 12 ans avant vous ! Serait-ce que le souvenir de l'EXAMEN ne vous serait revenu qu'après rédaction faite ?

Mais vous n'en avez pas fini avec cette pauvre médecine physiologique, et vous lui jetez à la face quelques noms modernes pour prouver que la lésion, dans la fièvre typhoïde, est quelquefois ailleurs que dans le canal digestif. Permettez-moi de vous dire, mon cher et très-honoré confrère, que vous attaquez bien, il est vrai, la doctrine physiologique, mais que vous ne répondez pas aux notes.

La prétendue fièvre typhoïde, vous dit le rédacteur, se référant aux travaux de MM. Louis, Bouillaud, Chomel et Andral, n'est donc, *en général,* que la manifestation d'une entérite, le plus souvent folliculeuse.... Loin de se borner aux travaux du fondateur de la médecine physiologique, il ne les cite que comme caractéristiques d'une époque historique, et préfère s'appuyer de l'autorité de médecins qu'on ne peut accuser de partialité pour cette doctrine; il va même jusqu'à proclamer que tout n'est pas connu dans cette maladie, que quelque chose nous échappe sans doute. Vous accusez le rédacteur de trancher les questions, et précisément les termes dont il se sert sont d'une extrême réserve ; vous lui reprochez de vouloir tout renfermer dans le lit de Procuste de la doctrine physiologique, tandis que les preuves qu'il apporte sont prises en dehors de cette doctrine. Vous lui en voulez-donc beaucoup à cette doctrine ? cela m'étonne de la part d'un homme qui a réclamé, comme une marque d'honneur, d'être porté parmi les membres de la commission chargée d'élever une statue à Broussais, lorsqu'il apprit qu'il n'en faisait pas partie primitivement, ce dont je lui conservais un souvenir reconnaissant.

Mais laissons-là cette médecine physiologique, qui a l'honneur d'exciter, aujourd'hui même encore, une réaction si violente et qui a prouvé qu'elle ne se laissait pas facilement ébranler; elle vit encore, la statue de son fondateur est encore debout; vous ne l'avez pas abattue, mon cher confrère.

Vous soutenez que la lésion, dans les fièvres typhoïdes, n'est pas dans le canal digestif; libre à vous; mais permettez qu'on vous cite les paroles des auteurs qui font loi dans la matière et qui *ne sont pas des médecins physiologistes*.

La dothinenterie, dit M. le professeur Trousseau, parlant au nom de M. Bretonneau, son maître, est un exanthème intestinal spécifique, dont le siége est exclusivement dans les glandes de Peyer et de Brunner, c'est la *febris genuina*, le *synochus putris* et *imputris*, la fièvre muqueuse adynamique de Pinel, le prototype de la gastro-entérite de Broussais, la maladie que décrivirent MM. Petit et Serres, sous le nom de fièvre entéro-mésentérique, le typhus *mitior* d'Irlande, etc. (Archives, 1826).

Vous voyez que, pour M. Bretonneau, la lésion, quelle qu'elle soit, est toujours et nécessairement dans le canal digestif.

Voici les expressions de M. Louis; après avoir décrit

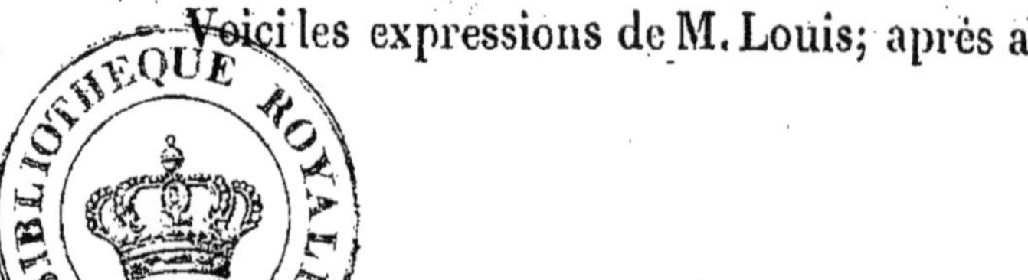

2

en détail toutes les altérations que présentent les typhoïdes dans les différents appareils , il ajoute : « De toutes ces lésions, une seule est *constante*, c'est l'altération des plaques elliptiques des intestins grêles, à laquelle on pourrait ajouter celle des glandes mésentériques (t. I, p. 449) ».

Il en est de même pour M. Chomel. Voici ses paroles : « Les maladies décrites par les auteurs, celles dont nous avons nous-même tracé l'histoire dans notre Traité des fièvres, sous le nom de fièvres continues, quelle que soit la forme sous laquelle elles se montrent, inflammatoire, bilieuse, muqueuse, adynamique, ataxique, lente nerveuse, ne sont que des variétés d'une même affection, qui a reçu diverses dénominations : nous la désignerons préférablement par le nom de fièvre ou maladie typhoïde, à raison de l'analogie qu'elle offre, dans ses symptômes, avec le typhus des camps. » (p. 1). Et plus loin, p. 56, les lésions anatomiques occupent constamment ou presque constamment les follicules de l'intestin et les ganglions mésentériques. « Toutes les fois, dit encore M. Chomel, dans une de ses leçons cliniques, que chez un individu, dans la force de l'âge, un appareil fébrile persiste pendant 8, 10, ou 12 jours, sans qu'il soit possible de découvrir l'organe qui en est le point de départ, on doit soupçonner une lésion des plaques de Peyer. » (Lancette française, 1833, n° 107).

A côté de ces citations de M. le professeur Chomel,

permettez-moi de placer un paragraphe de votre réponse, qui semblerait en être la critique sévère,

« Que les fièvres de toute nature (il s'agit des fièvres essentielles des auteurs) aient le même point de départ, aucun praticien éclairé ne l'a admis, si ce n'est M. le rédacteur des Mémoires de médecine et de chirurgie militaire, qui a le plus grand intérêt à le faire croire ; mais notre expérience nous à démontré l'inconvénient d'une pareille croyance. p. 221 »

Voici maintenant l'opinion de M. le professeur Andral : « Depuis que M. Broussais a appelé l'attention sur l'état du tube digestif dans les fièvres, des faits innombrables ont démontré que, dans presque tous les cas où l'on ouvre le cadavre d'un individu mort d'une fièvre dite essentielle, *on trouve le tube digestif malade.* Nos observations propres confirment pleinement ces résultats qui peuvent se traduire dans la proposition suivante : *dans les pyrexies qui constituent les divers groupes morbides désignés sous le nom de fièvres essentielles, on trouve très-fréquemment, après la mort, quatre vingt dix-huit fois sur cent environ, des lésions dans le tube digestif.* » (Cliniq. médic., 4e édit., t. I, p. 485)

Quant à M. le professeur Bouillaud, que vous seriez ravi de pouvoir m'opposer avec succès, comment appelle-t-il la fièvre ou affection typhoïde ? une *entéro-*

vent encore que c'est dans le canal digestif que M. le professeur Bouillaud place le siège de votre fièvre typhoïde.

Jusqu'à présent, vous voyez que ce n'est point moi qui parle de mon autorité privée ; j'emprunte, comme vous le dites vous-même, page 229 , le secours de savants professeurs *pour motiver et justifier ma critique si pauvre en raisonnements, si bizarre dans sa rédaction*; procédé qui ne s'accorde guère avec le *ton tranchant*, que vous me donnez ailleurs.

Qu'aurait-ce donc été si je vous avais opposé, non pas les hommes que je viens de citer, mais moi seul, avec mes petites recherches sur la nature des plaques de Peyer, si j'avais voulu vous réfuter avec les opinions que je suis venu soumettre au jugement de l'Académie, et si je vous avais démontré, comme j'ai essayé de le faire devant cette savante compagnie, que la prétendue lésion folliculeuse, est une inflammation de la membrane muqueuse, non pas dans ses follicules, mais dans ses villosités, son chorion et son tissu sous-muqueux ?

Vous vous seriez écrié que de mémoire d'homme, on n'avait vu semblable audace, ni aussi incroyable présomption? Et vraiment le *jeune médecin ordinaire*, avec ses dix-sept ans de doctorat, avec ses onze ans de pratique comme chef de service dans de grands hôpitaux, aurait été écrasé par le médecin principal de première classe, ex-médecin en chef des Hôpitaux militaires de Rome et du Gros-Caillou.

Mais revenons à la question de la localisation des fièvres typhoïdes, dans les organes digestifs : puisqu'elle vous déplaît si souverainement, je vais me montrer accommodant; à l'exemple des péripatéticiens, *distinguo*.

Que des *symptômes typhoïdes* puissent être quelquefois développés par un autre foyer d'irritation que celui du canal digestif, c'est ce qui ne fait aucun doute, c'est ce qui résulte de la division des catégories admises par M. le professeur Andral, dans le 1$_{er}$ volume de sa Clinique; c'est ce que pensent MM. Bouillaud, Bégin, Boisseau et bien d'autres encore; c'est aussi ce que professait Broussais lui-même ; c'est ce que j'admets d'après tous ces grands praticiens ; mais ces faits ne détruisent pas cette vérité, que le groupe des *fièvres essentielles* des *auteurs anciens,* que la *fièvre typhoïde* des modernes a son principal siége dans le canal digestif.

Je dis son principal et non son unique siége, car d'autres appareils organiques s'affectent avec celui dont nous parlons; mais je m'égare, et j'oublie que vous n'aimez pas mon *irradiation de l'estomac au cerveau;* ni l'Anatomie, ni la Physiologie ne vous paraissent justifier mes expressions. Je ne vous suivrai point dans les sinueux développements de votre réfutation, de peur de m'y perdre avec vous; j'attendrai, pour m'y engager que vous m'ayiez démontré, le scalpel à la main, que la 8. paire ne part pas du centre cérébro-spinal, et ne se distribue pas à l'estomac.

Maintenant, et malgré toute cette discussion, voulez-vous absolument, comme à la page 211, que la fièvre typhoïde soit tantôt une *méningo-entérite*, tantôt une *entéro méningite*, je vous l'accorderai volontiers, ne vous demandant qu'une seule grâce, celle de supprimer le passage où vous protestez contre la localisation de cette fièvre dans les organes digestifs avec irradiation sur le cerveau : et je me permettrai de vous avouer que si vous persistez à croire, comme à la page XIII, « qu'il n'y a pas d'effet sans cause et, consé- » quemment, de fièvre sans siége d'une irritation ou » d'une phlogose locale quelconque, » vous risquez d'être bientôt encore plus localisateur que moi-même.

Vous voyez, mon cher et très honoré confrère, que nous sommes sur le point de nous entendre à merveille; mais, où nous allons singulièrement différer l'un de l'autre, c'est à l'article du traitement.

Vous dites, page 19 de votre mémoire : « Aussitôt qu'un militaire présente tout ou partie des symptômes propres à la fièvre typhoïde, tels que l'abattement, les rêvasseries, la sécheresse de la peau, l'activité du pouls, la soif et la langue cornée, j'administre 7 grammes 81 centigrammes d'acétate ammoniacal et 1 gram. de laudanum étendus dans un litre d'eau gommée; le malade en boit à discrétion. Ainsi, il y a des malades qui en ont bu jusqu'à quatre et même cinq litres dans 24 heures.

« Des le second jour, quand la maladie est de nature curable, et qu'elle n'est pas liée à des lésions organiques, la langue devient plus molle ; elle annonce un commencement de sécrétion des muqueuses ; la transpiration s'établit ; c'est alors qu'on peut et qu'on doit considérer le malade comme hors de danger.

« Cette méthode présente encore l'avantage immense d'abréger les convalescences et de mettre le militaire dans le cas de sortir de l'hôpital, en état de prendre son service, une vingtaine de jours après la guérison, tandis que précédemment un militaire atteint de cette maladie restait des mois entiers sans se remettre, et finissait par avoir besoin d'une convalescence de six mois, et très-souvent d'être réformé.»

Et plus loin, p. 63, parlant encore du même moyen, vous ajoutez : « Je ne dirai pas que tous les malades ont guéri ; mais je certifierai que c'est la méthode qui réussit le mieux, et que c'est à elle que j'attribue la diminution des morts de fièvre typhoïde du deuxième semestre. »

Et encore, page 64.

« J'ai employé le même moyen dans toute espèce de fièvres typhoïdes où les symptômes nerveux m'ont paru dominants, et où il y avait prostration des forces et sécheresse à la peau. »

Enfin, page 90, dans la colonne d'observations du tableau IV :

« Maintenant, à quoi attribuer cette énorme amélioration, si ce n'est aux médications bien entendues de chaque maladie, contre lesquelles on a constamment employé, comme dans le premier semestre, l'acétate ammoniacal uni au laudanum dans un véhicule gommeux, *moyen qui a presque toujours réussi*. »

Il résulte de ces citations que votre traitement de la fièvre typhoïde (méningo-entérite ou entéro-méningite suivant vous même) consiste essentiellement dans l'acétate d'ammoniaque additionné de laudanum.

Je serai franc, et je conviendrai volontiers que le rédacteur a eu tort de ne rappeler de votre formule, que l'acétate d'ammoniaque, sans y comprendre le laudanum. Cet aveu fait, voyons, s'il a eu raison de vous demander des faits confirmatifs de l'efficacité de ce traitement.

Vous savez parfaitement que ce traitement n'est suivi dans aucun hôpital de Paris ni de France, par aucun praticien connu. D'où vous vient donc votre conviction si pleine et si entière dans l'efficacité de ce remède ? N'est-ce pas de votre expérience ? Comment voulez-vous que cette conviction passe dans l'esprit des autres ? N'est-ce pas, en leur faisant part de cette expérience, en les faisant assister à votre pratique, en les mettant en présence des malades que vous avez stimulés par l'acétate d'ammoniaque laudanisé et que vous avez guéris? N'est-ce pas en leur montrant le plus grand nombre possible de succès , afin qu'on ne suppose pas que vos conclusions sont prématurées, tirées d'un trop petit nombre de faits, qui pourraient n'être que des exceptions ?

C'est du moins ainsi que les grands maîtres que vous invoquez ont procédé dans l'exposition de leurs croyances et de leurs doctrines.

Eh bien ! où sont les faits dans votre premier mémoire adressé au Conseil de santé ?

Vous nous apprenez, page 13, que les fièvres typhoïdes ont fourni le quart du nécrologe dans le premier semestre, c'est à-dire, 77 morts sur 297 ; or le nombre de ces fièvres s'est élevé, pendant ce semestre, à 332, (voyez tableau n° 2). Cette mortalité de 1 sur 4,3 n'a rien d'entraînant ; aussi, dans la note intercalée dans le troisième tableau, avez-vous soin de faire observer que le nécrologe des fièvres typhoïdes comprend non-seulement les simples , mais encore toutes celles qui sont consécutives d'inflammations viscérales de toute nature. Soit, mais convenez au moins que vous ne montrez pas ici votre expérience sous son jour le plus favorable.

Voyons si vous êtes plus heureux dans le 2° semestre. Vous ne comptez plus ici que 94 fièvres typhoïdes, dont 13 morts ou 1 sur 7 ; ce qui prouve qu'il y a eu élimination, ainsi que vous l'aviez promis. Vous indiquez à peu près, dans la colonne d'observations du tableau iv, p. 90, quel plan vous avez suivi dans cette épuration des fièvres typhoïdes ; vous avez rejeté parmi les gastro-entérites et gastro colites une foule de maladies qui, dans le 1er semestre, étaient désignées sous le nom de fièvre typhoïde. En effet, dans votre tableau du premier semestre, les inflammations aiguës du canal digestif ne s'élèvent pas au-delà de 460, dont 142 gastrites, 33 gastro - duodénites, 109 gastro-entérites et 156 colites aiguës ; dans le 2e semestre, au contraire, elle vont jusqu'à 856, dont 154 gastrites, 51 gastro-céphalites, 109 gastro-bron_ chites, 29 gastro-duodénites, 239 gastro-colites, 112 gastro-entérites, 23 entéro-céphalites, 139 colites. C'est donc près de 400 affections gastro-intestinales aiguës de plus que dans le 1er semestre ; il est évident que vous avez renvoyé beaucoup de prétendues fièvres typhoïdes dans cette catégorie. Aussi la mortalité des phlegmasies du canal digestif s'est-elle élevée à 1 sur 14, de 1 sur 15, 8, proportion qu'elle présentait dans le premier semestre.

N'oubliez pas, n'oubliez plus que c'est vous-même qui localisez dans le canal digestif une foule de fièvres typhoïdes, par cette collocation d'un grand nombre d'entre elles parmi les gastro-entérites.

Réunissons maintenant vos deux semestres, et voyons si vous avez été plus heureux dans le traitement des fièvres typhoïdes par l'acétate d'ammoniaque laudanisé, que dans celui des phlegmasies gastro-intestinales par les sangsues et les ventouses auxquelles vous avez alors recours (p. 10 et 11). Sur 423 fièvres typhoïdes vous en avez perdu 90 ou 1 sur 4, 7 ; sur 1316 inflammations gastro-intestinales ou gastro-céphaliques, vous en avez perdu 89 ou 1 sur 14, 7.

Où sont les succès, je vous le demande ? est-ce du côté de l'acétate ammoniacal laudanisé ou du côté des évacuations sanguines ?

La main sur la conscience, répondez, n'a-t-on pas mille fois raison de vous demander une série suffisante de faits ?

Je vous avouerai même franchement qu'en vous les demandant, le rédacteur, loin de se croire indiscret, agissait avec d'autant plus de bonne foi et d'impar-tialité qu'il supposait que vous étiez riche de preuves. La lecture de votre réponse l'a singulièrement étonné, et il est persuadé que vous conservez encore dans vos cartons un grand nombre d'observations avec lesquelles vous viendrez surprendre un jour le monde médical.

Sur 25 cas de fièvres typhoïdes que vous citez dans votre brochure, 5 seulement sont rapportés sous forme d'observations plus ou moins détaillées ; les au-tres sont simplement mentionnés. Je vais les analyser tous.

J'ai lu avec un vif intérêt le certificat de M. Burnet, chirurgien sous-aide qui atteste les *brillants suc-cès* (p. 160) qu'a obtenu M. le médecin principal avec l'acétate ammoniacal laudanisé dans le traitement des dix individus qu'il nomme, sans décrire, sans énoncer seulement les symptômes de leur maladie, et dont 3 sont morts. Mais un résumé, si court qu'il n'occupe pas même une page (de la page 160 à la page 161) ne m'a pas ébranlé; il n'aurait eu sur mes convictions aucune influence, quand même les 10 malades seraient portés comme guéris ; à plus forte raison lorsque la mortalité de ces dix typhoïdes est de 1 sur 3, 3.

Pouvez-vous croire que les quelques mots sur les nommés Morin, Charus et Catoire, mots extraits d'un bulletin *non signé* et qui remplissent tout au plus une page (de la p. 162 à 163), auront plus de puissance que le certificat de M. Burnet?

L'observation de Boury (p. 163) n'est pas plus convaincante; car M. Bernier, chirurgien sous-aide, se borne, pour toute description, à dire que le malade a présenté tous les signes propres à caractériser une fièvre typhoïde ; puis ce malade a eu des sangsues et du calomel pendant 3 jours, outre votre acétate ammoniacal laudanisé.

L'observation suivante est relative au nommé Avril (p. 165); ce militaire, après avoir eu une bronchite, puis une fièvre intermittente, présenta des symptômes typhoïdes qui furent combattus par votre puissant remède ; et il arriva à une convalescence qui *promettait* (ce sont les expressions de M. Bernier) de le voir sortir en pleine santé.

Je rendrai ici très-volontiers justice à votre bonne foi, mais je ne serai convaincu ni de la nature de la maladie d'Avril, ni du succès *définitif* du traitement.

Viennent ensuite cinq observations, que M. Bernier a eu le laconisme de renfermer dans les trois-quarts d'une page, et qui ont rapport à des individus atteints, suivant lui, de l'affection typhoïde *sans qu'il en soit administré la moindre preuve,* dont le traitement n'est pas indiqué par une seule ligne, qui sont dits avoir pris votre remède favori ; enfin dont un seul est sorti, un autre est aux trois-quarts, et les trois autres sont convalescents.

Supposez qu'on veuille vous convaincre de l'efficacité des évacuations sanguines dans la prétendue fièvre typhoïde, et qu'on vous présente des preuves de cette force, franchement vous laisseriez-vous persuader ?

Je n'adresserai pas les mêmes reproches aux trois dernières observations ; bien qu'incomplètes sous certains rapports, puisqu'on n'y voit pas mentionnés tous les symptômes pathognomoniques, et puisque les trois malades sont laissés seulement en convalescence et n'ont point été conduits jusqu'à parfaite guérison et sortie de l'hôpital ; celles-là pourraient peut-être peser dans la balance, s'il ne fallait les réduire à une seule. En effet, c'est dans la première seulement, que l'acétate ammoniacal laudanisé a été exclusivement employé pendant quatre jours, tandis *qu'il n'a point du tout été administré dans la troisième*, et qu'il a eu pour adjuvants, dans la seconde, les sangsues et les ventouses.

Résumons-nous : je demande des observations. — Vous répondez que c'est indiscret de ma part ; puis, vous consentez à en fournir ; et vous en fournissez, combien ?.... Une, une seule, celle de Laguadec !

Je ne m'étais pas trop avancé en vous disant que je croyais avoir un peu plus raison après qu'avant votre réponse.

Le conseil de santé vous a cru sur parole, dites-vous, p. 158. Certainement s'il vous a cru, je vois que ce ne peut être que sur parole ; mais qu'a-t-il donc cru ? il a cru que vous lui aviez envoyé une statistique intéressante de l'hôpital du Gros Caillou ; et il vous a adressé un accusé de réception par son secrétaire, comme le prouve la lettre de ce dernier, p. XXI ; mais il n'a pas dit qu'il crût le moins du monde à l'efficacité de votre acétate ammoniacal laudanisé dans les prétendues fièvres typhoïdes.

Enfin, mon cher et très honoré confrère, vous m'accusez d'inexactitude pour avoir réduit votre mortalité de 1 sur 13, 40 à 1 sur 10, 35. Cependant, j'ai indiqué les éléments de cette mortalité ; ils sont dans votre tableau iv, p. 90, et résultent de la réunion des fiévreux de chaque semestre, dont le nombre s'élève à 5083 malades, sur lesquels 491 sont morts, ce qui donne une proportion de 1 mort sur 10, 35. Ce qui m'autorisait à ce calcul, c'est le titre même du iv tableau, p. 90, qui est intitulé : *Résumé du mouvement* DES FIÉVREUX *pendant l'année* 1838 ; c'est aussi la note insérée par vous dans ce même tableau, note dans laquelle vous attribuez l'*énorme amélioration* du deuxième semestre à l'emploi de l'acétate d'ammoniaque laudanisé. Vous aviez mentionné la mortalité de chaque semestre, il fallait bien indiquer celle des deux semestres réunis ; c'est là ce que j'ai fait.

Maintenant, je conviendrai avec vous que la mortalité des fiévreux, blessés et vénériens réunis, a été, dans l'année, de 1 sur 13, 40 ; pourvu que vous m'accordiez que celle des fiévreux a été de 1 sur 10, 35.

Mon cher et très honoré confrère, je crois avoir suffisamment discuté chacune de vos réponses : je m'en réfère aux *Mémoires de médecine militaire* et à votre ouvrage pour justifier la forme et la convenance des notes du rédacteur ; quant à leur légalité, le conseil de santé et l'administration de la guerre en sont, comme je l'ai déjà dit, les sûrs garants.

Pour la partie scientifique, ces notes se bornaient à distinguer vos opinions particulières des doctrines généralement admises, non pas suivant la médecine physiologique, mais selon les écrivains les plus modernes, ainsi que je l'ai prouvé par des citations péremptoires; sur ce point, il ne doit rester aucun doute.

Ces notes avaient encore pour but de vous demander quelques éclaircissements sur votre médication, et de réclamer une série de faits suffisante pour transporter vos convictions dans l'esprit du lecteur. Sur ces points, j'ai prouvé que votre démonstration était encore à faire, que vous vous borniez à des assertions, et que vos opinions n'étaient point assises sur la seule base solide de toute doctrine, une collection d'observations nombreuses et bien faites.

J'ai rempli un devoir. Je crois avoir bien mérité de la science, en la mettant en garde contre des idées dont l'admission irréfléchie pourrait être nuisible à l'humanité.

Maintenant, loin de déprécier vos travaux, je vous engage à les compléter, en substituant des preuves à des assertions : et je prends l'engagement formel d'adopter et vos idées et votre médication, si vous parvenez à prouver, *par des faits*, que vos résultats sont meilleurs que ceux que l'on obtient généralement, et que j'obtiens moi-même dans le service qui m'est confié.

De quelque manière que vous accueilliez ma lettre, mon cher et très honoré confrère, vous pouvez croire à la parfaite estime et aux sentimens d'amitié de

Votre dévoué confrère.

CASIMIR BROUSSAIS.

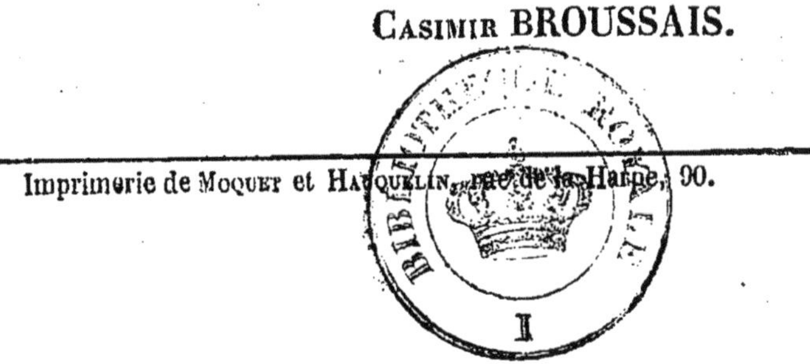

Imprimerie de Moquet et Hauquelin, rue de la Harpe, 90.